Arthur Conan Doyle

Le «Gloria-Scott»

Texte et illustration de couverture : © domaine public
Edition : Culturea (Hérault, 34)
Contact : infos@culturea.fr
Retrouvez notre catalogue sur http://culturea.fr
Imprimé en Allemagne par Books on Demand
Design typographique : Derek Murphy
Layout : Reedsy (https://reedsy.com/)

Dépôt légal : janvier 2023
Tous droits réservés pour tous pays

ISBN : 9791041927296

Table des matières

Le « Gloria-Scott »

– J'ai ici quelques papiers, me dit mon ami Sherlock Holmes un soir d'hiver où nous étions assis de chaque côté de la cheminée, qui selon moi mériteraient que vous y jetiez un coup d'œil. Il s'agit des documents qui se rapportent à l'affaire extraordinaire du *Gloria-Scott* : par exemple le message qui a foudroyé d'horreur le juge de paix Trevor quand il l'a lu.

D'un tiroir, il avait exhumé une petite boîte décolorée ; après en avoir défait le ruban, il me tendit un court billet griffonné sur une demi-feuille de papier ardoisé. En voici le texte :

« Plus de difficultés : rien comme gibier à Londres pour faire la concurrence. Hudson ton représentant a très bien vendu les faisans, la faisane et la mèche de fouet. Ta perdrix rouge seule a la chance de pouvoir quitter cette semaine l'élevage d'Angleterre. »

Quand je relevai les yeux après avoir lu ce message énigmatique, je vis Holmes glousser de joie.

– Vous me paraissez un peu désorienté ! me dit-il.

– Je comprends mal qu'un pareil message ait pu foudroyer d'horreur son destinataire : il me semble, au contraire...

– Mais oui : au contraire !... Et pourtant le fait est que son destinataire, un beau vieillard robuste, s'est écroulé après qu'il en eut pris connaissance comme s'il avait reçu à bout portant un coup de fusil.

– Vous éveillez ma curiosité ! Mais d'abord pourquoi m'avez-vous dit que cette affaire méritait de ma part un intérêt particulier ?

– Parce qu'elle a été ma première affaire. J'avais souvent essayé d'obtenir de mon compagnon qu'il me révèle les motifs qui l'avaient aiguillé vers les enquêtes criminelles, mais je n'avais jamais réussi jusque-là, à le saisir dans une humeur communicative. Or ce soir je le vis étaler sur ses genoux les documents auxquels il avait fait allusion. Il alluma sa pipe et pendant quelques instants demeura silencieux dans son fauteuil à remuer des souvenirs.

« Vous ne m'avez jamais entendu parler de Victor Trevor ? me demanda-t-il. Il fut le seul ami que je me fis pendant mes deux années d'école. Je ne me rappelle pas, Watson, avoir jamais été un individu très sociable : je préférais m'enfermer dans ma chambre afin de mettre au point mes petites méthodes personnelles de raisonnement : si bien que je ne me mêlais guère aux garçons de mon âge. En dehors de l'escrime et de la boxe, le sport ne me tentait pas. Je consacrais donc mon attention à des sujets fort différents de ceux qui passionnaient mes camarades. Le résultat fut qu'entre eux et moi il n'y avait aucun point de contact. Trevor était le seul avec lequel je me liai ; encore fallut-il pour cela qu'un matin, alors que je me rendais à un service religieux, son bull-terrier se prît d'une passion soudaine pour ma cheville.

Cette manière prosaïque de faire connaissance s'avéra efficace. Je fus immobilisé pour dix jours, et Trevor venait prendre de mes nouvelles. D'abord il ne resta à bavarder qu'une minute. Mais bientôt ses visites se prolongèrent, et nous devînmes vite amis. C'était un garçon vigoureux, sanguin, plein d'esprit et d'énergie, à beaucoup d'égards mon contraste. Cependant nous nous découvrîmes quelques points communs, et notre amitié se scella du jour où j'appris qu'il était aussi dépourvu d'amis que moi. Finalement il m'invita chez son père à Dommthrope, dans le Norfolk, et j'acceptai son hospitalité pour un mois de grandes vacances.

Le vieux Trevor était incontestablement un homme riche et considéré : juge de paix et propriétaire terrien. Dommthrope est un petit hameau juste au nord de Laugmere, dans la région des lacs et des marécages. La demeure était de type ancien, très longue, avec des solives de chêne et des murs de briques ; une belle avenue bordée de tilleuls y menait. On chassait dans les fougères d'excellents canards sauvages ; il y avait du poisson remarquable ; la bibliothèque était limitée mais elle ne contenait que de bons ouvrages : héritée, d'après ce que je compris, d'un précédent occupant ; la cuisine était convenable. Bref, il aurait fallu être bien difficile pour ne pas passer là un mois enchanteur.

Le vieux Trevor était veuf, et mon ami était son fils unique. Il avait eu une fille, je crois, mais elle était morte de la diphtérie au cours d'un séjour à Birmingham. Le père m'intéressa énormément. Il n'était pas très cultivé. Seulement il était doué d'une force primitive considérable, à la fois physique et mentale. Il avait peu lu, mais il avait beaucoup voyagé, et loin. Il avait vu le monde, et il se souvenait de tout ce qu'il avait appris, C'était un grand gaillard à forte et épaisse carrure, à tignasse poivre et sel, avec un visage hâlé et des yeux bleus perçants qui lui donnaient parfois un air féroce. Pourtant il avait dans le pays la réputation d'être bon et charitable. Au tribunal, il était renommé pour son indulgence.

Un soir, peu de temps après mon arrivée, nous étions assis après dîner devant un verre de porto, et le jeune Trevor se mit à parler de mes habitudes d'observation et de déduction dont j'avais déjà fait un système, sans en avoir deviné pour autant l'importance qu'il allait prendre dans ma vie. Naturellement, le vieillard crut que son fils exagérait en racontant deux ou trois exploits banals que j'avais accomplis.

– Allons, monsieur Holmes ! me dit-il en riant gaiement. Essayez de déduire quelque chose sur mon compte : je suis un excellent sujet.

– Je crains de ne pas pouvoir vous en dire long, répondis-je. Néanmoins je pense que vous avez circulé ces derniers temps en redoutant une agression personnelle.

Le rire s'éteignit sur ses lèvres, et il me considéra avec un vif étonnement.

– Ma foi, voilà qui est exact ! dit-il. Tu sais, Victor, quand nous avons mis un terme aux activités de cette bande de braconniers, ils ont juré d'avoir notre peau. Et sir Edward Hoby a récemment été attaqué. Depuis, je n'ai pas cessé de me tenir sur mes gardes ; mais je me demande bien comment vous pouvez le savoir.

– Vous avez une très jolie canne, dis-je. D'après l'inscription, j'ai remarqué que vous ne la possédiez que depuis un an. Mais vous vous êtes donné du mal pour en creuser la pomme et pour y verser du plomb fondu, si bien que vous disposez d'une arme formidable. J'en ai déduit que vous n'auriez pas pris de telles précautions si vous n'aviez pas redouté un danger quelconque.

– Et quoi encore ? me demanda-t-il en souriant.

– Dans votre jeunesse vous avez fait de la boxe.

– Exact, cela aussi. Comment l'avez-vous deviné ? Est-ce que mon nez n'est pas tout à fait droit ?

– Il ne s'agit pas de votre nez, mais de vos oreilles. Elles ont l'allongement et l'épaisseur qui ne se retrouvent que chez les boxeurs.

– Rien d'autre ?

– Les callosités de vos mains m'apprennent que vous avez beaucoup retourné la terre.

– Tout mon argent vient d'un champ aurifère.

– Vous êtes allé en Nouvelle-Zélande.

– Exact encore.

– Vous avez séjourné au Japon.

– Parfaitement vrai.

– Et vous avez été très intimement associé avec quelqu'un dont les initiales étaient J.A. et qu'ensuite vous avez cherché à oublier complètement.

M. Trevor se leva avec peine, me fixa de ses grands yeux bleus dont l'expression devint sauvage, farouche, et piqua du nez parmi les coquilles de noix qui jonchaient la nappe : évanoui raide.

Vous pouvez imaginer, mon cher Watson, comme nous avons été bouleversés, son fils et moi. Son attaque ne fut pas cependant de longue durée ; dès que nous eûmes déboutonné son col et aspergé d'eau fraîche son visage, il hoqueta deux ou trois fois et se remit sur son séant.

– Ah ! mes enfants ! nous dit-il en s'efforçant de sourire. J'espère que je ne vous ai pas effrayés, au moins ? Costaud comme je suis, j'ai pourtant une faiblesse du côté du cœur et il ne m'en faut pas beaucoup pour me flanquer par terre. Je ne sais pas comment vous vous débrouillez, monsieur Holmes, mais j'ai l'impression que tous les détectives officiels ou officieux sont à côté de vous des enfants. C'est là votre carrière, monsieur ! Et vous pouvez en croire un homme qui a roulé sa bosse dans les cinq parties du monde !

Voilà le conseil, joint à une estimation exagérée de mes capacités, qui me mit pour la première fois, Watson, si vous me faites l'honneur de me croire, en face de ce sentiment, tout nouveau pour moi : à savoir que je pourrais gagner ma vie grâce à ce qui n'avait été pour moi qu'un simple passe-temps. Sur le moment, d'ailleurs, je fus trop préoccupé par le soudain malaise de mon hôte pour penser à autre chose.

— J'espère ne vous avoir rien dit qui vous ait fait du mal ? murmurai-je.

— Hé bien ! vous avez touché à coup sûr une corde sensible ! Puis-je vous demander comment vous savez cela, et ce que vous savez exactement ?

Il s'adressait maintenant à moi sur un ton badin, mais au fond de son regard une sorte de terreur restait tapie.

— C'est la simplicité même ! répondis-je. Quand vous avez relevé votre manche pour tirer tout à l'heure le poisson hors de l'eau, j'ai vu les initiales J.A. tatouées au pli du coude. Les lettres sont encore visibles, mais étant donné leur demi-effacement et la couleur de votre peau tout autour, il est évident que vous avez tenté de les faire disparaître. Évident, par conséquent, que ces initiales vous ont été autrefois très chères et qu'ensuite vous avez souhaité les oublier.

— Quels yeux ! s'écria-t-il non sans pousser un soupir de soulagement. C'est tout à fait ce que vous avez dit. Mais n'en parlons plus. De tous les revenants, les spectres de nos amours sont les pires. Passons dans la salle de billard et fumons paisiblement un cigare.

A dater de ce jour et en dépit de toute sa cordialité, il y eut constamment dans le comportement de M. Trevor envers moi une pointe de soupçon. Son fils le remarqua. « Vous avez donné une telle peur au vieux, me dit-il, qu'il ne sera plus jamais sûr de ce que vous savez et de ce que vous ignorez. » Il n'avait pas l'intention de me le montrer, j'en suis certain, mais cette impression était si fort entrée en lui qu'elle se manifestait en toute occasion. Finalement, me rendant compte que ma présence le tourmentait, je brusquai la fin de mon séjour. Toutefois, la veille de mon départ, il se produisit un incident dont l'importance se révéla par la suite.

Nous étions assis sur la pelouse dans des fauteuils de jardin, prenant le soleil et admirant le panorama des lacs, quand la bonne vint annoncer qu'à la porte quelqu'un désirait voir M. Trevor.

– Qui ? s'enquit notre hôte.

– Il n'a pas voulu me dire son nom.

– Que me veut-il alors ?

– Il m'a seulement dit que vous le connaissiez, et qu'il voulait vous parler juste un moment.

– Faites-le venir ici.

Nous vîmes apparaître un petit bonhomme à la mine chafouine, à l'allure obséquieuse, à la démarche traînante. Il portait une veste déboutonnée, tachée de goudron à la manche, une chemise à carreaux noirs et rouges, des pantalons de treillis, de grosses chaussures éculées. Il avait la figure maigre, brunie, rusée, ornée d'un perpétuel sourire qui découvrait une rangée irrégulière de dents jaunes. Ses mains ratatinées étaient à demi fermées, comme les marins ont l'habitude. Pendant qu'il traversait pesamment la pelouse, j'entendis M. Trevor comprimer un petit cri de gorge : il se leva précipitamment et courut dans la maison. Il fut de retour presque aussitôt ; quand il passa prés de moi, je sentis une forte odeur de cognac.

– Alors, mon vieux ! fit-il. Que puis-je faire pour votre service ?

Le marin resta debout à le regarder avec des yeux plissés. Le même sourire écartait toujours ses lèvres molles.

– Vous ne me connaissez pas ? demanda-t-il enfin.

– Ah ? çà, mon Dieu ! Mais c'est Hudson ! s'écria M. Trevor avec une intonation de surprise.

– C'est Hudson, monsieur, répondit le marin. Hé ? oui, cela fait bien trente et quelques années que je ne vous ai vu. Et vous voilà dans votre maison, tandis que moi j'en suis encore à ramasser ma croûte dans les poubelles.

– Allons ! Allons ! mon vieux ! Tu t'apercevras que je n'ai pas oublié les anciens ! déclara M. Trevor, qui s'avança vers le marin, lui dit quelque chose à voix basse et reprit plus fort : Va à la cuisine. On te donnera à manger et à boire. Je te trouverai certainement une situation.

– Merci, monsieur. Je viens de passer deux ans sur un cargo de huit nœuds, et je voudrais bien me reposer un peu. Je pensais que je pourrais m'arranger, soit avec M. Beddoes, soit avec vous.

– Ah ! s'exclama M. Trevor, tu sais l'adresse de M. Beddoes ?

– Pardonnez-moi, monsieur, mais je sais où sont tous mes vieux amis ! répondit le marin en accentuant son sourire sinistre.

Il suivit alors la bonne à la cuisine. M. Trevor marmonna quelques mots pour nous dire qu'il avait été camarade de bord avec cet homme au cours de son voyage vers les terres aurifères. Puis il nous laissa et rentra. Une heure plus tard, quand nous regagnâmes la maison, nous le trouvâmes étendu ivre mort sur le sofa de la salle à manger. Cet incident me laissa une vilaine impression, et je ne fus pas fâché le lendemain de quitter Dommthrope : je sentais que ma présence serait pour mon ami une source de gêne.

Tous ces événements eurent lieu pendant le premier mois des grandes vacances. Je revins m'enfermer dans ma chambre de Londres, où je procédai, durant sept semaines, à diverses expériences de chimie organique. Un jour d'automne cependant, alors que les vacances touchaient à leur fin, je reçus un télégramme de mon ami me suppliant de revenir à Dommthrope parce qu'il avait grand besoin de conseils et d'appui. Je laissai tout tomber et je repris la route du nord.

Il m'attendait à la gare avec la charrette anglaise. Du premier regard, je compris qu'il venait de passer deux mois fort pénibles. Il avait maigri, il semblait rongé par le chagrin, il avait perdu la gaieté de bon aloi qui l'animait.

– Le vieux est en train de mourir ! me dit-il dès l'abord.

– Pas possible ! m'écriai-je. Mourir de quoi ?

– D'apoplexie. Un choc nerveux. Tout aujourd'hui il a été à deux doigts de la mort. Je ne sais pas si nous le retrouverons en vie.

À cette nouvelle inattendue, j'étais, comme vous le devinez, Watson, absolument bouleversé.

– Et la cause ? demandai-je.

– Ah ! voilà le point ! Montez, nous parlerons en route. Vous vous rappelez le type qui est arrivé la veille de votre départ ?

– Très bien.

– Savez-vous qui nous avons introduit ce jour-là dans notre maison. ?

– Je n'en ai aucune idée.

– Le diable, Holmes !

Je le dévisageai avec stupéfaction.

– Si, Holmes. C'était le diable en personne. Depuis son arrivée, nous n'avons : pas eu une heure de tranquillité. Pas une ! Depuis ce soir-là, le vieux n'a jamais plus relevé la tête. Et maintenant sa vie ne tient plus qu'à un souffle, il a le cœur démoli : tout ça à cause de ce maudit Hudson.

– Quel pouvoir détenait-il donc ?

– Ah ! je donnerais gros pour le savoir ! Mon pauvre père, si bon, si généreux, si gentil ! Comment a-t-il pu tomber dans les griffes de ce bandit ? Mais je suis content que vous soyez venu, Holmes. Je fonde de grands espoirs sur votre jugement et sur votre discrétion. Je suis sûr que vous me conseillerez au mieux.

Nous volions sur la route lisse et blanche ; devant nous s'étendait tout le pays des lacs et des marécages qui miroitaient sous la lumière rouge du soleil couchant. Parmi un bouquet d'arbres sur notre gauche, j'aperçus déjà les hautes cheminées et le mât pavoisé qui indiquaient la demeure de M. Trevor.

– Mon Père a fait d'Hudson, un jardinier, m'expliqua mon ami. Et puis, comme le jardinage ne lui plaisait plus, il l'a nommé maître d'hôtel ; la maison paraissait être à lui, il s'y promenait et agissait à sa guise. Les bonnes se plaignirent de son intempérance et de ses grossièretés. Papa les augmenta pour les faire taire. Hudson prenait le bateau et le meilleur fusil de mon Père pour s'offrir des petites parties de chasse. Et toujours ce visage insolent, ricanant, sournois, que j'aurais boxé vingt fois s'il avait été celui d'un homme de mon âge ! Je vous le jure, Holmes, tout ce temps-là je me suis dominé terriblement. Et maintenant je me demande si je n'aurais pas mieux fait de me contraindre un peu moins !... Bref, les choses tournèrent de mal en pis : cet animal de Hudson devint de plus en plus importun, il se mêlait toujours davantage de choses de qui ne le regardaient pas, jusqu'au jour où en ma présence il répliqua insolemment à mon père. Je le pris par les épaules et le chassai de la pièce où nous nous tenions. Il fila tout blême, avec des yeux venimeux qui exprimaient plus de menaces que n'importe quel discours. Je ne sais pas ce qui se passa ensuite entre mon pauvre vieux et lui, mais papa vint me trouver le lendemain pour me demander de bien vouloir faire des excuses à Hudson. Comme vous le pensez, je refusais net et je ne cachai pas à mon père ma surprise qu'il tolérât une pareille canaille qui prenait de si grandes libertés avec lui et avec les bonnes.

« Ah ! mon enfant ! me répondit-il. C'est très facile de parler quand on ne sait pas dans quelle position je me trouve. Mais tu le sauras, Victor. Je veillerai à ce que tu sois au courant, advienne que pourra ! Tu ne penseras jamais du mal de ton vieux papa, dis, mon fils ? »

Il était très ému. Il s'enferma dans son bureau toute la journée. Par la fenêtre je l'aperçus : il était occupé à écrire. Ce soir-là se produisit ce qui me parut être une bonne détente : Hudson nous annonça qu'il allait nous quitter, Il nous informa de sa détermination après le dîner ; il avait la voix épaisse d'un homme à moitié ivre : « J'en ai assez du Norfolk, nous dit-il. Je vais descendre voir M. Beddoes, dans le Hampshire. Il sera, sans mentir, aussi content de me voir que vous l'avez été. »

Avec une douceur qui me fit bouillir, mon père lui demanda : «Tu ne pars pas fâché, Hudson, je l'espère ?»

Le type jeta dans ma direction un regard maussade : « Je n'ai pas eu mes excuses ! »

Alors mon père se tourna vers moi : « Victor, tu reconnais que tu t'es conduit avec rudesse envers ce brave type, n'est-ce pas ? »

Je me bornai à répondre.

« Au contraire ! Je crois que tous les deux nous avons été formidablement patients envers lui. »

Il gronda : « Ah ! oui, vous trouvez ? Vous trouvez ? Très bien, mon petit ami, on en reparlera »

Il se glissa hors de la pièce et une demi-heure après il avait quitté la maison. Mon père était dans un état nerveux pitoyable. Mais ce fut juste au moment où il recouvrait un peu de confiance que tomba le dernier coup.

— Et de quelle manière ? demandai-je avidement.

— Le plus extraordinairement du monde. Hier une lettre pour mon père arriva à la maison. Elle portait le cachet de la poste de Fording-bridge. Papa la lut, se prit la tête dans les mains, et il mit à courir en rond dans le salon comme quelqu'un qui est subitement devenu fou. Quand je parvins à le coucher sur le canapé, sa bouche et ses paupières étaient crispées d'un côté, et je vis qu'il avait une attaque. Le docteur Fordham accourut immédiatement. Nous le mîmes au lit. Mais la paralysie s'est étendue, il n'a pas repris, connaissance, et je crois que nous ne le retrouverons pas vivant.

— Vous m'épouvantez, Trevor ! m'exclamai-je. Mais quoi donc, dans cette lettre, aurait pu provoquer une telle catastrophe ?

– Rien. Et voilà l'inexplicable. Le message était absurde, banal. Ah ! mon Dieu ! C'est ce que je craignais...

Pendant qu'il parlait, nous avions contourné le virage de l'avenue des tilleuls ; dans la lumière faiblissante du soir, nous vîmes que tous les stores de la maison avaient été baissés. Nous nous précipitâmes vers la porte. Mon ami avait la figure dévorée par le chagrin. Un homme vêtu de noir franchissait le seuil ; il s'arrêta quand il nous aperçut.

– Quand cela est-il arrivé, docteur ? interrogea Trevor.

– Presque immédiatement après votre départ.

– Avait-il repris connaissance ?

– Juste un instant avant la fin.

– A-t-il dit quelque chose pour moi ?

– Ceci seulement : « Les papiers sont dans le tiroir du fond du meuble japonais. »

Mon ami monta, accompagné du docteur, vers la chambre mortuaire. Moi je restai dans le bureau, méditant sur toute l'affaire, et me sentant plus affligé que je ne l'avais jamais été. Quel était le passé de ce Trevor ? Il avait été boxeur, il avait voyagé, il était devenu chercheur d'or. Et comment était-il tombé au pouvoir de ce marin au visage repoussant ? Pourquoi également, s'était-il évanoui pour une allusion aux initiales à demi effacées sur son bras ? Et pourquoi était-il mort de frayeur au reçu d'une lettre de Fording-bridge ? Puis je me rappelai que Fording-bridge était situé dans le Hampshire, et que ce M. Beddoes, chez qui s'était rendu le marin probablement dans l'intention de le faire chanter, m'avait été indiqué comme résidant dans le Hampshire. La lettre pouvait donc venir soit de Hudson le marin annonçant qu'il avait trahi le secret coupable qui semblait exister, soit de Beddoes avertissant un vieil associé qu'une trahison de cet ordre était imminente. Jusque-là, c'était assez clair.

Mais dans ce cas, comment se faisait il que le message fût banal, absurde, pour reprendre les mots mêmes du fils ? Il avait dû l'avoir mal lu, mal compris. Ou alors ce message aurait été rédigé dans l'un de ces codes ingénieux qui permettent d'écrire une chose qui en signifie une autre. Il me fallait avoir cette lettre entre les mains. Si elle avait un sens caché, je saurais bien le deviner. Pendant une heure je demeurai assis réfléchissant dans l'obscurité, jusqu'à ce qu'une bonne en larmes apportât une lampe ; et, tout de suite derrière elle, mon ami Trevor, pâle mais maître de lui, muni des papiers qui sont, maintenant sur mes genoux. Il s'assit en face de moi ; approcha la lampe du bord de la table et me tendit un court billet griffonné, comme vous le voyez, sur une simple feuille de papier gris ; et je lus : « *Plus de difficultés : rien comme gibier à Londres pour faire la concurrence. Hudson ton représentant a très bien vendu les faisans, la faisane et la mèche de fouet. Ta perdrix rouge seule a la chance de pouvoir quitter cette semaine l'élevage d'Angleterre.* »

Je peux bien vous dire que je fus frappé du même étonnement que vous aujourd'hui, quand je lus ce message pour la première fois. Puis je le relus, très attentivement. Évidemment, comme je l'avais supposé, un deuxième sens devait être dissimulé dans cette étrange combinaison de mots. Ou bien y avait-il une signification convenue antérieurement dans des mots comme « *mèche de fouet* » ou « *perdrix rouge* » ? D'un code arbitraire, il m'aurait été impossible de déduire quoi que ce fût ! Or j'étais prêt à jurer que là était le nœud de l'affaire. La présence du nom « Hudson » semblait indiquer que l'objet du message était celui auquel j'avais pensé et que son auteur était Beddoes plutôt que le marin. J'essayai de le lire à rebours, mais les derniers mots : « *l'élevage d'Angleterre...* » me découragèrent. Puis-je tentai des mots alternés, mais ni les « *Plus difficultés* » comme « *à pour...* » ni les « *de quitter semaine Angleterre* » faire ne m'éclairèrent le moins du monde. Enfin, tout à coup, la clé m'apparut. Je vis que le premier de chaque groupe de trois mots était seul à retenir, ce qui donnait une suite de phrases qui avaient poussé au désespoir le vieux Trevor.

L'avertissement était bref, net. Je le traduisis pour mon camarade : « *Plus rien à faire. Hudson a vendu la mèche. Ta seule chance : quitter l'Angleterre.* »

Victor Trevor enfouit son visage dans ses mains frémissantes.

– Je suppose que ce doit être exact, me dit-il. Mais c'est pire que la mort, car cela signifie aussi le déshonneur. Tout de même, que signifient les mots *ton représentant* et *perdrix rouge* ?

– Rien pour le message, mais peut-être en saurions-nous davantage si nous découvrions l'expéditeur. Vous voyez : il a commencé par écrire : Plus... rien... à... faire, etc. Ensuite, pour se conformer au code, il a bouché les espaces par deux mots à la suite. Naturellement il s'est servi des premiers mots qui lui venaient à l'idée. Et s'il y en a tant qui se rapportent au gibier, vous pouvez être sûr que cet expéditeur est ou un fanatique de la chasse ou un passionné de l'élevage. Qu'est-ce que vous savez sur ce Beddoes ?

– Maintenant que vous m'y faites penser, dit-il, je me souviens que chaque automne mon pauvre père était invité à chasser sur sa réserve.

– Alors c'est incontestablement de lui que vient le billet ! Reste à savoir la nature du secret que le marin Hudson semble avoir tenu en suspens au-dessus de la tête de ces deux hommes riches et respectables.

– Hélas ! Holmes ! s'écria-t-il, j'ai bien peur qu'il ne s'agisse d'un secret de péché ou de honte ! Pour vous je n'en ai pas. Voici la déclaration qui a été rédigée par mon père quand il a su que le danger était imminent. Je l'ai trouvée dans le meuble japonais, comme me l'avait annoncé le docteur. Prenez-la et lisez-la moi. Je n'ai ni la force ni le courage de le faire moi-même.

Et voici les papiers, mon cher Watson, qu'il me remit. Je vais vous les lire à vous, comme je les lui ai lus, à lui, cette nuit-là dans le vieux bureau. Sur l'extérieur il est écrit : « Détails sur le voyage du *Gloria-Scott*, depuis son départ de Falmouth le 8 octobre 1855 jusqu'à sa destruction à 15° 20' de latitude nord et 25° 14' de longitude ouest le 6 novembre. » Cette déclaration est rédigée sous forme de lettre. En voici le texte :

« Mon bien cher fils,

Maintenant que le déshonneur qui approche commence à assombrir les dernières années de ma vie, je puis écrire en toute vérité et probité que ce n'est pas la crainte de la loi, ni la perte de ma situation dans le comté, ni ma chute sous les yeux de tous ceux qui m'ont connu qui me fend le cœur : c'est l'idée que tu auras à rougir de moi, toi qui m'aimes et qui n'as jamais eu de motif pour ne point me respecter.

Mais si le coup que pour toujours je redoute s'abat sur moi, alors je désire que tu lises ceci, afin que ce soit de moi que tu apprennes jusqu'où j'ai été à blâmer. Si tout au contraire se passe bien (que le Dieu tout-puissant entende ma prière !) et si par hasard ce papier n'est pas détruit et tombe entre tes mains, je te conjure par tout ce que tu considères de plus sacré, par la mémoire de ta chère mère et par l'amour qui nous a toujours unis, d'arrêter là ta lecture, de le jeter au feu et de ne plus lui accorder la moindre pensée. Si, donc, tu poursuis cette lecture, c'est que j'aurai été préalablement démasqué et mené hors de ma maison ; ou, ce qui est plus probable étant donné ma maladie de cœur, que je serai mort avec mon secret scellé à jamais sur ma langue. Dans l'un ou l'autre cas, je n'aurais rien à te cacher. Prends par conséquent chacun de mes mots pour la vérité nue. Je le jure !

Cher enfant, je ne m'appelle pas Trevor. Lorsque j'étais beaucoup plus jeune je m'appelais James Armitage. Tu comprends à présent le choc que j'éprouvai il y a quelques semaines lorsque ton ami d'école me parla d'une manière qui pouvait me laisser supposer qu'il avait percé mon secret. Sous le nom d'Armitage, j'entrai dans une banque de Londres. Sous le nom d'Armitage, je fus déclaré coupable d'avoir contrevenu aux lois de mon pays, et je fus condamné à la relégation perpétuelle. Ne pense pas trop de mal de moi, mon petit enfant. J'avais à payer une dette d'honneur, comme on dit, et pour m'en acquitter j'ai utilisé de l'argent qui ne m'appartenait pas : j'étais certain que je pourrais le restituer avant qu'on s'aperçût qu'il manquait. Une terrible malchance s'acharna sur moi. L'argent sur lequel j'avais compté ne me fut pas donné, et un examen prématuré des comptes fit apparaître le déficit. L'affaire aurait pu s'arranger dans la clémence, mais les lois étaient appliquées plus sévèrement il y a trente ans que maintenant, et le jour de mon trente-troisième anniversaire je me trouvai enchaîné comme criminel avec trente-sept autres forçats dans l'entrepont du bateau *Gloria-Scott*, en partance pour l'Australie.

C'était en 1855. La guerre de Crimée battait son plein. Les vieux bateaux de forçats avaient beaucoup servi comme transports de troupes en mer Noire. Le gouvernement fut donc obligé d'utiliser des navires plus petits et moins adéquats pour reléguer ses bagnards. Le *Gloria-Scott* avait fait le commerce du thé avec la Chine, mais de nouveaux voiliers l'avaient supplanté : il était trop vieux, lourdement arqué avec de larges baux. Il jaugeait cinq cents tonnes. En sus de trente-huit gibiers de potence, il transportait un équipage de trente-six hommes, dix-huit soldats, un capitaine, trois lieutenants, un médecin, un aumônier et quatre gardiens. En somme, il avait une cargaison de cent âmes quand nous quittâmes Falmouth.

Les cloisons entre les cellules des forçats n'étaient pas en chêne solide comme dans les transports pénitentiaires : elles s'avérèrent minces et fragiles. Mon voisin vers l'arrière se trouvait être un gaillard que j'avais particulièrement remarqué au moment de l'embarquement. Il était jeune ; son visage clair ne portait ni barbe ni favoris ; il avait un long nez effilé, des mâchoires en casse-noix, un port de tête insouciant, et il se balançait en marchant. Par-dessus tout, il était d'une taille qui l'empêchait de passer inaperçu. Je ne crois pas qu'il y en eût un parmi nous qui lui arrivât plus haut que l'épaule. A coup sûr il ne mesurait pas moins de deux mètres ! C'était bizarre de voir au milieu de tant de figures maussades et lasses une tête qui respirait la décision et l'énergie. Quand je l'aperçus, ce fut comme un brasier dans une tempête de neige. Je fus donc satisfait de l'avoir comme voisin, et plus heureux encore quand, dans le silence mortel de la nuit, j'entendis un chuchotement contre mon oreille : il s'était débrouillé pour tailler une ouverture dans la planche qui nous séparait.

— Salut, camarade ! dit-il. Comment t'appelles-tu ? Pourquoi es-tu ici ?

Je lui répondis et lui demandai en échange qui il était.

— Je suis Jack Pendergast, me dit-il. Et, ma foi, tu apprendras à respecter mon nom !

Je me rappelais avoir entendu parler de son affaire, car peu de temps avant mon arrestation elle avait provoqué une énorme sensation dans tout le pays. C'était un homme de bonne famille et de grandes capacités, mais il était incurablement atteint d'habitudes déplorables et, par un ingénieux système d'escroquerie, il avait dépouillé quelques-uns des plus riches commerçants de Londres.

— Ah ! ah ! Tu te souviens de moi ? me demanda-t-il fièrement.

– Très bien !

– Alors peut-être te rappelles-tu un détail curieux dans mon affaire ?

– Lequel ?

– J'avais près d'un quart de million, n'est-ce pas ?

– C'est ce que l'on a dit.

– Mais on n'a rien récupéré, eh ?

– Non.

– Hé bien ! où t'imagines-tu que se trouve le fric ?

– Je n'en ai aucune idée, répondis-je.

– Juste entre mon index et mon pouce ! s'écria-t-il. Par Dieu, je possède plus de livres à mon nom que tu as de cheveux sur ta tête. Et si tu as de l'argent, mon fils, et si tu sais comment le manier et le dépenser, tu peux faire n'importe quoi ! Alors crois-tu vraisemblable qu'un type qui pourrait faire n'importe quoi, va traîner ses guêtres dans la cale puante d'un vieux cercueil plein de rats et de poux comme ce caboteur de la côte chinoise ? Non, monsieur ! Un type pareil veille sur lui-même et sur ses copains. Cramponne-toi à lui, et, sur la Bible, tu n'auras pas à t'en plaindre.

C'était sa façon de parler. D'abord je crus que de telles paroles ne signifiaient rien. Mais au bout d'un moment, quand il m'eut éprouvé et fait promettre le silence avec toute la solennité possible, il me donna à entendre qu'il y avait réellement un complot en train pour que nous nous assurions le commandement du bateau. Une douzaine de prisonniers l'avaient tramé avant de monter à bord. Pendergast en était le chef ; son argent en était le puissant moteur.

— J'avais un associé, me dit-il. Un brave type comme il y en a peu, aussi fidèle qu'un cercle à un tonneau. Et plein aux as. Un richard ! Où crois-tu qu'il se trouve en ce moment ? Hé bien ! c'est l'aumônier du bateau. L'aumônier, pas moins ! Il est monté à bord avec un habit noir et des papiers en règle. Il a assez d'argent dans sa valise pour acheter le bateau depuis la quille jusqu'à la pomme du mât. L'équipage lui est dévoué corps et âme. Il pouvait acheter les matelots à tant la douzaine au comptant et il les a payés avant qu'ils signent leur engagement. Il a deux des gardiens, plus Mercer, le second. Il aurait acheté le capitaine lui-même s'il avait cru que ça en valait la peine !

— Que devrons-nous faire, alors ? demandai-je.

— Qu'est-ce que tu crois ? Nous allons donner à quelques-uns de ces soldats une tunique plus rouge que celle dont leur tailleur les a gratifiés.

— Mais ils sont armés !

— Et nous le serons aussi, mon garçon ! Il y a une paire de pistolets pour chacun de nous. Si nous ne pouvons pas prendre ce bateau, avec tout l'équipage pour nous, alors il faudra nous renvoyer à la communale. Cette nuit tu parleras à ton copain de l'autre côté et tu verras si on peut avoir confiance en lui.

Je n'y manquai point. Il se trouva que mon autre voisin était un homme jeune dont la situation ressemblait à la mienne : il avait été condamné pour faux. Il s'appelait Evans, mais plus tard il changea dé nom comme moi, et il est à présent un citoyen riche et heureux de l'Angleterre du Sud. Tout de suite il se déclara prêt à se joindre à la conspiration, puisqu'il n'y avait pas d'autre moyen de salut. Nous n'avions pas encore quitté la Manche qu'il n'y avait plus que deux prisonniers tenus dans l'ignorance. L'un avait l'esprit faible et nous n'osions pas nous confier à lui ; l'autre était atteint de jaunisse et ne pouvait nous être d'aucun secours.

Dès le départ, rien en vérité ne pouvait nous empêcher de prendre possession du bateau. L'équipage se composait de coquins spécialement enrôlés pour cette aventure. Le faux aumônier passait dans nos cellules pour nous exhorter, – il portait un sac noir soi-disant rempli de brochures de piété, – il venait si souvent qu'à la fin du troisième jour nous avions tous, soigneusement serrés au pied de notre lit, une lime, une paire de pistolets, une livre de poudre et vingt pièces d'or. Deux des gardiens étaient aux ordres de Pendergast ; le second lieutenant était son bras droit. Nous n'avions contre nous que le capitaine, deux seconds, deux gardiens, le lieutenant Martin et ses dix-huit soldats, plus le médecin. Pourtant nous avions décidé de ne négliger aucune précaution et de procéder à l'attaque par surprise, de nuit. Mais elle eut lieu plus tôt que prévu, et voici pourquoi :

Un soir, à peu près trois semaines après notre départ, le médecin du bord était descendu pour voir l'un des prisonniers qui était malade. Passant sa main au bas de la couchette, il sentit la forme des pistolets. Sil n'avait rien dit, toute l'affaire aurait été éventée. Mais c'était un petit bonhomme nerveux : il poussa un cri de surprise et il devint si pâle que son patient devina sur l'heure ce qu'il avait découvert. Il le saisit, le bâillonna avant qu'il pût donner l'alarme, et le ficela sous sa couchette. Le médecin avait ouvert la porte qui conduisait au pont. Tous, d'un même élan, nous la franchîmes. Les deux sentinelles furent abattues, ainsi que le caporal qui était accouru pour voir ce qui se passait. A l'entrée des cabines, il y avait deux autres soldats : leurs fusils ne devaient pas être chargés, car ils ne firent pas feu sur nous, et ils furent tués tandis qu'ils essayaient de mettre la baïonnette au canon. Nous nous précipitâmes dans la cabine du capitaine ; mais au moment où nous poussions sa porte, une déflagration retentit de l'intérieur : nous le trouvâmes la tête couchée sur la carte de l'Atlantique qui était épinglée sur sa table ; l'aumônier se tenait à côté de lui, avec à la main un pistolet encore fumant. Les deux lieutenants furent arrêtés par l'équipage. Tout paraissait bel et bien réglé.

La cabine de luxe était attenante à celle du capitaine ; nous y pénétrâmes en masse et nous nous affalâmes sur les banquettes en parlant tous ensemble ; nous étions au bord de la folie, dans le sentiment de notre liberté retrouvée. Tout autour il y avait des coffres, et Wilson, le faux aumônier, en fractura un pour en extraire une douzaine de bouteilles de xérès doré. Aussitôt nous leur cassâmes le goulot et remplîmes nos gobelets. Au moment où nous les levions pour trinquer, voilà que sans avertissement ni sommations une salve de fusils nous déchira les oreilles, – la cabine s'emplit d'une fumée telle que nous ne pouvions pas voir de l'autre côté de la table. Quand elle se dissipa, je me retrouvai dans un véritable abattoir. Wilson et huit forçats se tortillaient par terre, pêle-mêle. Le sang et le xérès coulaient et se confondaient sur la table encore aujourd'hui j'ai des nausées en y pensant. Nous étions paralysés par ce spectacle, et je crois que nous nous serions rendus si Pendergast n'avait pas été là. Il mugit comme un taureau et se rua à la porte avec tous les survivants derrière lui. Face à nous, sur la poupe, il y avait le lieutenant et dix de ses hommes. Les châssis vitrés au-dessus de la table de la cabine avaient été légèrement ouverts, et ils nous avaient tiré dessus par l'entrebâillement. Avant qu'ils eussent eu le temps de recharger les fusils, nous fûmes sur eux. Ils résistèrent avec acharnement, mais nous avions l'avantage du nombre ; en cinq minutes tout fut consommé. Mon Dieu ! Y eut-il jamais semblable boucherie à bord d'un navire ? Pendergast se démenait comme un démon ; il ramassait les soldats, à croire qu'ils étaient des enfants, et les balançait par-dessus bord morts ou vifs. Un sergent horriblement blessé eut le courage de nager longtemps, jusqu'à ce que l'un de nous, pris de pitié, lui fit sauter la cervelle d'un coup bien ajusté. Quand le combat prit fin, il ne restait de nos ennemis que les deux gardiens, les deux lieutenants et le médecin.

Ce fut à leur sujet que se produisit la grande querelle. Beaucoup d'entre nous étaient fort contents d'avoir reconquis leur liberté, cela leur suffisait, ils ne tenaient pas à avoir un meurtre sur la conscience. Rien de commun en effet entre jeter par-dessus bord des soldats armés d'un fusil et assister à un massacre exécuté de sang-froid. Nous fûmes huit, trois marins et cinq forçats, à déclarer que nous ne le voulions pas. Mais il n'y eut rien à faire pour ébranler Pendergast, et ceux qui partageaient son avis. Il nous affirma que notre unique chance de sécurité consistait à achever le nettoyage et qu'il ne laisserait pas en vie une langue capable de témoigner contre nous. Il s'en fallut de peu que nous partagions le sort des prisonniers, mais finalement il nous dit que nous pouvions prendre un canot et partir. Nous sautâmes sur cette offre, tant nous étions écœurés de cette volonté sanguinaire, et nous comprenions bien qu'il n'était pas en notre pouvoir d'y mettre un terme. on nous donna à chacun des frusques de marin, un baril d'eau, une caisse de bœuf salé et une caisse de biscuits, plus une boussole. Pendergast nous mena devant la carte, nous expliqua que nous étions des marins naufragés dont le bateau avait sombré par 15° de latitude nord et 25° de longitude ouest. Puis il coupa l'amarre de l'embarcation et nous laissa filer.

Et maintenant j'en arrive, mon cher fils, à la partie la plus surprenante de mon récit. Les marins avaient halé bas la vergue de misaine pendant la révolte. Quand nous nous éloignâmes ils la remirent d'équerre. Comme il soufflait un léger vent du nord-est, le bateau commença à prendre de la distance. Notre canot escaladait tant bien que mal les longues vagues douces. Evans et moi, qui étions les plus instruits du groupe, nous avions pris place à l'arrière pour décider de notre destination. C'était un joli problème, car le Cap Vert était situé à plus de sept cent cinquante kilomètres sur notre nord, et la côte africaine à un millier de kilomètres sur notre est. En définitive, comme le vent venait plutôt du nord, nous pensâmes que la Sierra Leone était la meilleure solution, et nous mîmes le cap dans cette direction. L'autre bateau naviguait à ce moment presque coque noyée sur notre tribord arrière. Soudain, alors que nous regardions de son côté, nous vîmes une gerbe de fumée noire épaisse en jaillir, qui s'épanouit sur l'horizon comme un arbre gigantesque. Quelques secondes plus tard, un coup de tonnerre éclata. Lorsque la fumée fut chassée par le vent, nous ne vîmes plus trace du *Gloria-Scott*. Immédiatement nous virâmes de cap et rimes force de rames vers l'endroit où une brume noirâtre, flottant encore au-dessus de l'eau, indiquait la scène du sinistre.

Il nous fallut une bonne heure pour l'atteindre. D'abord nous crûmes que nous étions arrivés trop tard. Les débris d'un canot, une grande quantité de caisses et d'espars montaient et redescendaient au gré des vagues. N'ayant décelé aucun signe de vie, nous avions fait demi-tour, mais nous entendîmes appeler au secours : à une certaine distance, sur un morceau de bois, un homme gisait étendu. Nous le halâmes sur notre canot : c'était un jeune matelot qui s'appelait Hudson : il était tellement brûlé et épuisé que nous dûmes attendre le lendemain matin pour apprendre de sa bouche ce qui s'était passé.

Après notre départ, Pendergast et sa bande s'étaient mis en devoir d'exécuter les cinq prisonniers survivants. Les deux gardiens avaient été abattus et jetés par-dessus bord. Puis ç'avait été le tour du troisième lieutenant. Pendergast était alors descendu dans l'entrepont et de ses propres mains il avait tranché la gorge du malheureux médecin. Il ne restait plus que le lieutenant en premier, qui était hardi et énergique. Quand il vit que le forçat s'avançait vers lui avec un couteau ensanglanté à la main, il se dégagea de ses liens, qu'il avait préalablement desserrés, et il sauta du pont dans la cale arrière.

Une douzaine de forçats armés de pistolets descendirent pour le rattraper. Ils le trouvèrent assis près d'un baril de poudre ouvert, une boîte d'allumettes dans la main. Ce baril était l'un des cent que transportait le bateau, Il jura qu'il ferait tout sauter s'il était molesté. Quelques minutes plus tard, ce fut l'explosion. Hudson pensait qu'elle avait été causée par un coup de pistolet mal dirigé plutôt que par l'allumette du lieutenant. Mais quelle qu'en fût la cause, le *Gloria-Scott* était anéanti, ainsi que la canaille qui en avait pris le commandement.

Telle est, mon cher enfant, l'histoire résumée en peu de mots de la terrible affaire dans laquelle je me suis trouvé engagé. Le lendemain, nous fûmes repérés par le brick *Hotspur* qui se dirigeait vers l'Australie, et son capitaine nous crut sans difficulté quand nous lui affirmâmes que nous étions les survivants d'un bateau de voyageurs qui avait fait naufrage. Le *Gloria-Scott* fut déclaré par l'Amirauté perdu en mer. Jamais son véritable destin n'a été révélé. Après un excellent voyage, le *Hotspur* nous débarqua à Sydney, où Evans et moi prîmes de faux noms. Nous nous dirigeâmes vers les terres aurifères ; là, parmi la foule cosmopolite qui était rassemblée, nous abandonnâmes pour toujours notre première identité.

Je n'ai pas besoin de relater la suite. Nous avons fait fortune, nous avons voyagé, et nous sommes revenus en Angleterre comme des coloniaux enrichis pour y acheter des terres. Pendant plus de vingt ans nous avons mené une existence paisible et utile, en espérant que notre passé était à jamais enterré. Imagine donc ce que j'ai pu éprouver quand dans le marin qui survint. Je reconnus instantanément l'homme que nous avions sauvé du naufrage ! Je ne sais comment il avait retrouvé nos traces, mais il était décidé à profiter de notre peur. Tu comprends maintenant pourquoi je m'efforçais de maintenir la paix entre vous. Et, dans une certaine mesure, tu sympathiseras avec la terreur qui m'habite, depuis qu'il a quitté la maison avec des menaces sur la langue pour se rendre auprès de son autre victime. »

Au-dessous est écrit, d'une main si tremblante qu'on peut à peine lire : « Beddoes m'avertit en code que H. a tout dit. Doux Seigneur, ayez pitié de nos âmes ! »

Voilà le récit que j'ai lu cette nuit là au jeune Trevor, et je crois, Watson, qu'étant donné les circonstances, c'était un récit plutôt dramatique. Mon brave ami eut le cœur brisé. Il alla en Extrême-Orient s'occuper de plantations de thé, où il réussit bien. Quant au marin et à Beddoes, je n'ai jamais eu de nouvelles de l'un ou de l'autre à partir du jour où a été écrite cette lettre. Tous deux ont disparu complètement. Or la police n'avait reçu aucune dénonciation : si bien que Beddoes a pris une menace pour l'exécution de la menace. La police croit que Hudson et Beddoes se sont mis d'accord pour partir ensemble. Pour ma part, je pense que la vérité est exactement l'inverse. Il est probable que Beddoes, poussé au désespoir et se croyant déjà trahi, s'est vengé sur Hudson et a quitté le pays en emportant autant d'argent qu'il le pouvait. Tels sont les faits de l'affaire, docteur, et s'ils peuvent êtres utiles à votre collection, je les mets bien volontiers à votre disposition.

Toutes les aventures de Sherlock Holmes

Liste des quatre romans et cinquante-six nouvelles qui constituent les aventures de Sherlock Holmes, publiées par Sir Arthur Conan Doyle entre 1887 et 1927.

Romans

*   Une Étude en Rouge (novembre 1887)
*   Le Signe des Quatre (février 1890)
*   Le Chien des Baskerville (août 1901 à mai 1902)
*   La Vallée de la Peur (sept 1914 à mai 1915)

Les Aventures de Sherlock Holmes

*   Un Scandale en Bohême (juillet 1891)
*   La Ligue des Rouquins (août 1891)
*   Une Affaire d'Identité (septembre 1891)
*   Le mystère de la vallée de Boscombe (octobre 1891)
*   Les Cinq Pépins d'Orange (novembre 1891)
*   L'Homme à la Lèvre Tordue (décembre 1891)
*   L'Escarboucle Bleue (janvier 1892)
*   Le Ruban Moucheté (février 1892)
*   Le Pouce de l'Ingénieur (mars 1892)
*   Un Aristocrate Célibataire (avril 1892)
*   Le Diadème de Beryls (mai 1892)
*   Les Hêtres Rouges (juin 1892)

Les Mémoires de Sherlock Holmes

*   Flamme d'Argent (décembre 1892)
*   La Boite en Carton (janvier 1893)
*   La Figure Jaune (février 1893)
*   L'Employé de l'Agent de Change (mars 1893)
*   Le Gloria-Scott (avril 1893)
*   Le Rituel des Musgrave (mai 1893)
*   Les Propriétaires de Reigate (juin 1893)

* Le Tordu (juillet 1893)
* Le Pensionnaire en Traitement (août 1893)
* L'Interprète Grec (septembre 1893)
* Le Traité Naval (octobre / novembre 1893)
* Le Dernier Problème (décembre 1893)

Le Retour de Sherlock Holmes

* La Maison Vide (26 septembre 1903)
* L'Entrepreneur de Norwood (31 octobre 1903)
* Les Hommes Dansants (décembre 1903)
* La Cycliste Solitaire (26 décembre 1903)
* L'École du prieuré (30 janvier 1904)
* Peter le Noir (27 février 1904)
* Charles Auguste Milverton (26 mars 1904)
* Les Six Napoléons (30 avril 1904)
* Les Trois Étudiants (juin 1904)
* Le Pince-Nez en Or (juillet 1904)
* Un Trois-Quarts a été perdu (août 1904)
* Le Manoir de L'Abbaye (septembre 1904)
* La Deuxième Tâche (décembre 1904)

Son Dernier Coup d'Archet

* L'aventure de Wisteria Lodge (15 août 1908)
* Les Plans du Bruce-Partington (décembre 1908)
* Le Pied du Diable (décembre 1910)
* Le Cercle Rouge (mars/avril 1911)
* La Disparition de Lady Frances Carfax (décembre 1911)
* Le détective agonisant (22 novembre 1913)
* Son Dernier Coup d'Archet (septembre 1917)

Les Archives de Sherlock Holmes

* La Pierre de Mazarin (octobre 1921)
* Le Problème du Pont de Thor (février et mars 1922)
* L'Homme qui Grimpait (mars 1923)

*   Le Vampire du Sussex (janvier 1924)
*   Les Trois Garrideb (25 octobre 1924)
*   L'Illustre Client (8 novembre 1924)
*   Les Trois Pignons (18 septembre 1926)
*   Le Soldat Blanchi (16 octobre 1926)
*   La Crinière du Lion (27 novembre 1926)
*   Le Marchand de Couleurs Retiré des Affaires (18 décembre.
    1926)
*   La Pensionnaire Voilée (22 janvier 1927)
*   L'Aventure de Shoscombe Old Place (5 mars 1927)